LES

CAMPAGNARDES

PAR

Ch.-J. DÉRISOUD

PARIS

AGENCE GÉNÉRALE DE LIBRAIRIE

10, RUE DE LA BOURSE, 10

—

1863

LES CAMPAGNARDES

LES
CAMPAGNARDES

LE MERLE

Le merle, avant l'aurore,

Fait entendre sa voix

Au bois ;

Il siffle, siffle encore,

Et croit jetant aux airs

Ses airs

Charmer tout l'univers.

Il a perché sa tente

Auprès d'un frais ruisseau,

Dont l'eau

Murmure quand il chante ;

Dans son miroir mouvant,

Souvent

Il se mire en rêvant.

Il trouve, heureux poëte,

Dans les taillis épais,

La paix;

Et, dans cette retraite,

La nature bénit

Son nid

Que le printemps fleurit.

Il chante pour Nannette,

Nannette qu'un beau jour

L'amour

Surprit toute seulette,

Enfant dont les secrets

Regrets

Pâlissent les attraits.

Mais il siffle Jean-Pierre,

Le beau garçon moqueur,

Au cœur

Aussi dur que la pierre,

Qui trompant son espoir,

Hier soir,

A passé sans la voir.

Avec joie on accueille

L'intrépide siffleur

Et fleur,

Mousse, brin d'herbe, feuille,

Fauvette des buissons,

Pinsons,

Adorent ses chansons.

Dans les champs, sur la grêve,

Dans les bois, jusqu'aux fronts

Des monts,

Un chœur d'oiseaux s'élève;

L'étoile du matin

    S'éteint

A l'horizon lointain.

Fleur des prés, fleur sylvestre.

Oñt tressailli d'amour

    Autour

Du printanier orchestre,

Livrant de parfums plein

    Leur sein

Au zéphyr libertin.

L'abeille, écoute, écoute,

Pour aller au concert

    Fend l'air,

Bourdonnant sur sa route;

L'homme traînant, hélas !

    Ses pas,

Calcule et n'entend pas.

Le merle, avant l'aurore,

Fait entendre sa voix

Au bois,

Il siffle, siffle encore,

Et croit jetant aux airs

Ses airs

Charmer tout l'univers.

LA CICINDÈLE

Je suis la cicindèle !

Ainsi que l'hirondelle,

J'arrive à tire d'aile,

O saison des amours !

Sitôt que la nature

S'habille de verdure,

Quand toute créature

Renaît à tes beaux jours.

Ma liberté m'est chère :

De plaine en plaine j'erre,

Vagabonde sur terre,

Vive comme l'espoir ;

J'habite sur la grêve,

La brise qui m'enlève

M'emporte comme un rêve

Dans la tiédeur du soir.

Comme l'oiseau qui passe,

Je vole dans l'espace;

Je me nourris de chasse,

M'enivre de chaleur.

Du lac je bois l'écume;

Je plais par mon costume,

Et je charme et parfume

L'air, — ainsi qu'une fleur!

Le soir, je vole, alerte,

Vers quelque île déserte;

De ma cuirasse verte,

Je m'enveloppe alors :

Au bruit du chant sauvage

S'élevant du rivage,

Au bruit du doux ramage

De l'oiseau, je m'endors.

Quand, la nuit, je m'éveille,

Vite, je tends l'oreille,

Et plus d'une merveille

M'attire aux alentours.

Je vois de rares choses :

J'entends, à peine écloses,

Les plus candides roses

Raconter leurs amours.

Leur doux parfum s'exhale,

Et le peuplier mâle,

Plein d'ardeur conjugale,

Tend ses bras infinis.

A ses blanches femelles,

Et leurs feuilles entr'elles

Se disent les querelles

Des oiseaux dans leurs nids.

J'entends le vent qui gronde

Une pauvre fleur blonde,

Et le jaloux vers l'onde

La pousse sans pitié,

J'entends des cris sans nombre,

Et le hibou dans l'ombre

A sa compagne sombre

Gémir son amitié.

Au cri de l'alouette,

Je quitte ma couchette,

Et je fais ma toilette

Sur le bord d'un ruisseau.

1.

Puis, l'aurore s'avance,

Et, près du lac immense,

Aussitôt je m'élance

Au sommet d'un roseau.

La colline verdoie,

L'eau murmure de joie,

Le pommier fleuri ploie

Sous les baisers du vent ;

Mais quand l'homme s'approche,

Aux branches je m'accroche,

Redoutant la filoche

Qu'agite le savant,

Et cette tombe triste

Où le naturaliste,

Plein d'un zèle égoïste,

Nous pique sans remord !

Plus que le ciel colère,

Pauvre coléoptère,

Crains le roi de la terre,

Qui joue avec la mort !

Là, pendant qu'on m'admire,

Nul ne sait mon martyre !

Sous la vitre j'expire,

En regrettant les champs.....

Oh ! laisse-moi mes ailes :

Avant les hirondelles,

Homme ! les cicindèles

T'annoncent le printemps.

LE CERISIER

Que d'autres aiment le laurier

Qui verdit sur des têtes blanches !

J'ai pour voisin un cerisier

Au large tronc, aux longues branches.

Je bénis mon obscurité,

Assis sous son ombre légère ;

C'est mon père qui l'a planté :

Je l'aime presque comme un frère.

Quand le vent interrompt ses pleurs,

Le printemps, amoureux génie,

D'une épaisse neige de fleurs

Couvre sa tête rajeunie.

Le rayon, baiser du soleil,

Dore la branche et la féconde :

Nous attendons un fruit vermeil

Comme les lèvres de ma blonde.

Au pied de l'arbre hospitalier,

Garçons et filles du village,

Les fêtes, viennent babiller

En dépit du curé qui rage ;

L'oiseau regarde leurs ébats,

Et sous la feuille les imite ;

On fait l'amour en haut, en bas :

Il faut aimer ; le temps va vite.

Lucullus vainquit Amilcar ;

Mais je me ris de sa victoire,

Comme de celles de César ;

Voici son vrai titre de gloire :

Il importa ce fruit charmant

Des desserts de juin : la cerise !

Sois béni, célèbre gourmand :

Le cerisier t'immortalise.

Notre vigne est jalouse en vain

De cet arbre humble en sa richesse ;

Comme elle il produit le bon vin,

Comme elle il prodigue l'ivresse.

Il nous donne un kirch embaumé,

Et, grâce à sa liqueur limpide,

Le plus froid se sent enflammé,

Le plus sérieux se déride.

Beaux enfants. accourez danser

Autour de ce tronc, sur la mousse ;

Plus tard, vous y viendrez penser :

Ici, la rêverie est douce.

Le cerisier aura pour vous

Mille largesses souriantes,

Puissiez-vous aimer comme nous,

Sous ses feuilles luxuriantes !

PHILOSOPHIE

Rapides voyageurs poursuivant notre route,

Ignorant notre but et le lieu des départs,

Nous marchons, nous marchons : l'atmosphère du doute

Nous entoure de toutes parts.

La terre nous nourrit, elle nous désaltère ;

Parmi les animaux nous sommes les élus ;

Nous contemplons le ciel, le soleil nous éclaire :

Frères ! que savons-nous de plus ?

Nos pères, avant nous, héros de patience,

En cherchant à saisir un fil mystérieux,

Ont voulu, tour à tour, conquérir la science :

Ils n'ont pu ; — nous voulons comme eux,

Tandis que nous grimpons à des monts de systèmes

Pour escalader Dieu, de nos cris égayé,

La petite fourmi, l'un des plus grands problèmes,

    D'en bas nous voit avec pitié.

Car c'est en vain que l'homme à l'inconnu s'élance :

Sur les tombeaux muets il retombe sans voix,

Et les cercueils aussi n'ont pour lui que silence,

    Le vent seul pleure autour des croix.

Puis il meurt, et sur lui le hibou se lamente,

Et demain le corbeau viendra flairer sa chair,

A l'instant où l'aurore apparaîtra charmante

    Et les fleurs embaumeront l'air.

Remplis, remplis mon verre : — Eh! qu'importe qu'on sache,

O toi dont le regard de feu sait m'animer !

Pourquoi s'inquiéter de ce Dieu qui se cache?

    Ah! ne savons-nous pas aimer !

Chère! n'avons-nous pas l'aspect de la nature,

L'ombre des bois épais et pleins d'enchantements,

Des sentiers isolés, des coins où la verdure

  Voile et protége deux amants !

Ne savons-nous pas boire, — et ma vigne est féconde !

Et le vin rose coule et pétille pour nous !

Tout le reste n'est rien : laissons tourner le monde

  Et viens t'asseoir sur mes genoux.

Et vidons, oublieux, cette bouteille ancienne

Qui garde prisonnier un des rayons du jour ;

Aimons-nous et buvons : que la mort nous surprenne

  Dans les bras roses de l'amour.

L'OPÉRA DANS LES BOIS

Le crépuscule, heure charmante,

A ses plus brillantes couleurs ;

Le vent ne pleure plus, il chante,

Amoureux de toutes les fleurs.

Tout est joyeux : c'est mai qui passe ;

Bientôt il ne sera plus temps

D'aller babiller à voix basse,

Dans les petits sentiers des champs.

Les théâtres des capitales

S'emplissent avec grand fracas,

Et l'on s'étouffe dans les salles,

Pour entendre les opéras.

Mais nous, ô sublime nature !

Nous avons tes musiciens

Sur des estrades de verdure

Et tes chanteurs aériens.

La nuit descend sereine et douce,

Et, sans débourser cette fois,

Prenons une stalle de mousse,

Dans la clairière du grand bois.

Regarde au-dessus de nos têtes !

Notre plafond est le ciel bleu,

Le lustre est formé des planètes

Et des étoiles du bon Dieu.

Les arbres sont des phalanstères

Où s'enseignent des chants bénis ;

La branche est pleine de mystères ;

On chuchote dans tous les nids.

Mais l'heure de l'opéra sonne ;

A vos places, joyeux chanteurs !

Le régisseur amour l'ordonne ;

Les plus jeunes forment les chœurs.

Le chef d'orchestre est un vieux merle ;

Du bec il donne le signal :

Aussitôt un rossignol perle

Une chanson à l'idéal.

Et soudain le concert s'élance

Ainsi qu'une prière aux cieux :

Les feuilles dansent en cadence

Dans un ballet capricieux.

Ils sont mille, au gosier sonore,

Qui chantent les beaux jours nouveaux,

Celui que la nature adore ;

Les merles font les sopranos.

Les sylphides, sur l'herbe assises,
En silence écoutent leurs voix;
Car ces paroles sont comprises
Des esprits, hôtes des grands bois.

Quel est l'auteur de ce poëme,
Que jamais l'homme n'apprendra,
De cette musique suprême?
C'est Dieu qui fit cet opéra.

Quand ont paru les primevères,
Lisant dans un grand livre ouvert,
Pour apprendre les notes claires,
Dans un Conservatoire vert,

Les merles et les philomèles
Du printemps suivent les leçons
En essayant leurs jeunes ailes
Le long des odorants buissons.

SŒUR BLANCHE

I

Auprès du Rhône bleu s'élevait un couvent,

Vaste sépulcre au sein d'un riant paysage;

Les bruits humains venaient mourir sur le rivage

Avec les flots d'azur soulevés par le vent.

A son aspect, songeant aux cellules glacées,

Tremblantes, s'enfuyaient les jeunes fiancées.

Oh! que de beaux cheveux sont tombés à tes pieds,

Jésus! à ton amour jaloux sacrifiés!

Hélas! que de sanglots, que de cris d'épouvante

Étouffaient la beauté qui se couchait vivante

Et pleine de jeunesse en un sombre cercueil!

Mais lorsque la recluse avait franchi ce seuil,

Lorsqu'elle avait senti le froid de cette tombe

Où nul rayon d'amour ou de bonheur ne tombe,

Pouvait-elle, oubliant les rêves de vingt ans,

Amante de la mort, le cœur sans battements,

Ses froids regards fixés vers un lointain royaume,

Dans les longs corridors passer comme un fantôme !

Ah ! quand le soir tombait plein de sérénité,

Quand, sa fenêtre ouverte au souffle de l'été,

Elle écoutait chanter l'hymne de la nature,

Qu'elle sentait passer la brise au doux murmure,

Emportant les parfums dérobés à la fleur,

Souvent tu dus sentir, ô Jésus! la douleur

De l'époux qui surprend des soupirs infidèles,

Et remonter chagrin aux voûtes éternelles.

Dans ce couvent vécut sœur Blanche. Sur ce bord,

La légende souvent a raconté sa mort.

Ses grands yeux éclairant sa beauté virginale

Brillaient d'un vif éclat à son visage pâle;

Sa bouche souriait quelquefois.... Imprudents

Sourires laissant voir la blancheur de ses dents!

Et son austère habit dissimulait à peine

La finesse et le tour de sa taille mondaine.

Le jour fatal où Blanche adressa ses adieux

A la vie, à la joie, et prononça ses vœux;

Lorsque parée encore, belle de tous ses charmes,

Sous sa paupière humide elle arrêtait ses larmes,

Commençant à seize ans sa longue passion,

Elle crut voir, ainsi qu'une apparition,

Un jeune homme debout au fond de la chapelle,

Dans un rêve d'amour, fixer ses yeux sur elle.

Quand la vierge au cercueil eut mis ses petits pieds,

Sa jeunesse et son cœur à Dieu sacrifiés

S'éveillèrent soudain sous ses habits de morte;

Et lorsque sur ses gonds l'inexorable porte,

Celle qui ne devait plus s'ouvrir qu'au trépas,

Eut roulé lourdement, elle pleura tout bas.

C'est que le souvenir brûlant l'avait suivie;

Ce jeune homme entrevu sur le bord de la vie

La poursuivait encor jusques dans le saint lieu;

Une image profane était entre elle et Dieu.

On la voyait souvent, toute rêveuse et sombre,

Au pied du crucifix s'agenouiller dans l'ombre.

Ses charmes lui pesaient comme un cruel remords.

Elle portait la haire. Autour de son beau corps,

Le cilice enroulait sa ceinture d'épines.

Elle couvrait de deuil ses grâces féminines.

Mais comme un lis mourant, dans sa blanche pâleur,

Sa beauté, plus encor, brillait dans la douleur.

Et l'amour, la brûlant de sa flamme suprême,

L'amour défiait tout..... jusques à Dieu lui-même.

Auprès du Rhône bleu s'élevait un couvent,

Vaste sépulcre au sein d'un riant paysage ;

Les bruits humains venaient mourir sur ce rivage

Avec les flots d'azur soulevés par le vent.

II

C'est une nuit d'été. Le bruit de la prière

Lentement s'est éteint dans le vieux monastère. ..

Seule dans ce tombeau, funèbre comme un glas,

Une cloche, au son lourd, du temps marque les pas.

Le silence éternel règne, un doigt sur sa bouche,

Dans ces murs. .. Chaque Sœur a regagné sa couche.

Tout repose.... excepté sœur Blanche qui, sans bruit,

Vers le jardin en fleurs se glisse dans la nuit.. ..

Dans sa cellule, hélas ! l'heure semble éternelle :

Dès longtemps le sommeil ne descend plus sur elle.

La nuit a revêtu toute sa majesté

Et la terre sourit au ciel plein de clarté;

La nature au poëte enseigne son solfége;

La lune s'est levée avec tout son cortége;

A leur reine, ce soir, les astres font la cour;

Sur sa trace céleste ils courent pleins d'amour.

Comme une femme abaisse et relève son voile,

La coquette, aux regards de l'homme et de l'étoile,

D'un nuage léger s'enveloppe un moment

Et son disque bientôt reparaît plus charmant.

En bas, ses doux rayons se baignent dans les ondes,

Des poissons éclairant les demeures profondes,

Et le vieux Rhône aussi perd de sa gravité

Devant les charmes frais de cette nuit d'été.

Et l'arbre est tout lumière : on dirait qu'à ses branches

Pendent des fruits d'argent et des fleurs toutes blanches.

Et la rose répand ses parfums les plus doux :

Deux rossignols amants courent au rendez-vous

Sur la treille qui grimpe au mur du monastère

Et chantent, — chant d'amour auprès d'un cimetière !

Dans le tombeau glacé clouée avant la mort,

La jeune Sœur soupire et pleure sur son sort,

Sur ses beaux jours perdus, son existence éteinte ;

Dans le monde, ses pas n'ont pas laissé d'empreinte :

Oh ! pour ceux qu'elle aima, fleuris, myosotis !

Sur elle on a chanté le froid *De profundis :*

Pourtant son cœur veut vivre et bat sous le suaire.

Aime ! lui dit le ciel ; aime ! lui dit la terre !

Mais soudain une voix retentit sur les eaux :

Pour l'écouter, le vent se tait dans les roseaux.

C'est la voix d'un jeune homme. Il chante la nature...

Ses chants prennent leur vol, se mêlant au murmure

Qui semble, en s'élevant de ces bords égayés,

Formé des doux soupirs des amours éveillés.

Il chante les ruisseaux qui murmurent dans l'ombre

Et du ciel étoilé les mystères sans nombre;

Il chante l'avenir, pleure sur le passé,

Soupire les douleurs de son cœur délaissé

Et maudit dans ses vers le malveillant génie

Qui des œuvres de Dieu vient troubler l'harmonie,

Le vampire éternel qui sème le malheur.....

Puis, il chante l'amour, ce divin créateur,

Et vers le firmament sentant monter son âme,

Par des accents plus doux il célèbre la femme.

Chaque strophe à sœur Blanche apportait un remords:

Les amours des vivants dérangent-ils les morts?

Vos plaisirs, vos douleurs m'importent peu, dit-elle.

Que son ange gardien la couvre de son aile!

Est-ce une illusion, un piége du démon!

Ciel! une ombre apparaît, la nommant par son nom,

Nom terrestre, celui dont l'appelait sa mère.

La lune, pour les voir, décuple sa lumière.

Un homme a profané ces lieux à Dieu voués!

Blanche frémit : ses pieds au sol semblent cloués :

— Pourquoi viens-tu souiller cette maison sacrée?

— Je viens finir tes maux : la gazelle altérée

Court moins vite au ruisseau que ton cœur à l'amour.

Je t'aime, enfant, oh! fuis loin de ce noir séjour.

— Du Dieu mort sur la croix je suis la fiancée;

Du livre des vivants suis-je pas effacée?

Blanche n'est plus qu'une ombre et son cœur ne bat pas:

Va-t-en !

        Elle veut fuir... Au-devant de ses pas,

Il s'élance.... C'est lui, c'est le fatal visage

De l'amant dont les nuits lui présentaient l'image.....

Peut-être est-ce un démon jaloux du Rédempteur?

Elle tremble, invoquant son ange protecteur.....

L'homme parle : — Je viens t'arracher à tes chaînes,

Le vrai Dieu ne veut pas des victimes humaines.

Écoute ! il a créé la fleur pour embaumer,

Pour gazouiller, l'oiseau ; la femme, pour aimer....

Dis ! ne donna-t-il pas aux tendres tourterelles

Un gosier pour gémir, pour s'envoler, des ailes !

L'étoile au firmament doit briller dans les nuits,

Et l'arbre du verger doit produire des fruits :

Ainsi le doux regard de la vierge doit plaire,

Et ses lèvres sourire et la femme être mère.

L'hirondelle aux hivers ne vole pas : ton cœur,

Sans se briser, ne peut s'élancer au malheur.

Ce siècle a renversé les erreurs du vieux monde ;

Debout sur leurs débris, la liberté féconde

Montre un front souriant et verse à pleines mains

Les dons qu'elle apporta d'en haut pour les humains,

Les superstitions ont rejoint les ancêtres,

Et la nature règne et crie à tous les êtres :

Aimez-vous ! à la mort appartient la pâleur ;

Les commerces humains ont produit la douleur ;

L'horrible barbarie inventa la torture ;

Le bonheur est enfant du Dieu de la nature.

Du jour où mon regard te fit un tendre aveu,

Écoute, enfant, je suis le rival de ton Dieu,

Et je t'irais chercher jusqu'en son sanctuaire ;

Ah ! lorsqu'on te couvrit d'un funèbre suaire,

Sur mon âme la nuit passa comme une mer ;

Pour te revoir encor, j'aurais bravé l'enfer.

Mais dans mon souvenir j'emportais ton image.

Comme une ombre, je vins errer sur le rivage,

Apprenant mon secret aux flots, aux vents du soir,

T'appelant à grands cris et, dans mon désespoir,

Hélas ! je répandais tant de larmes brûlantes,

Tandis que s'écoulaient les nuits aux heures lentes,

Chère! que mes sanglots émouvaient le rocher,

Et de ton noir tombeau ne pouvant approcher,

J'ensanglantais mes mains aux murs du monastère ;

Pour toi, comme Jésus, j'ai gravi mon calvaire,

J'ai porté mon amour comme il porta sa croix.

Sœur Blanche l'écoutait, immobile et sans voix.

Il ajouta : — Je sais, sur un autre rivage,

Un pays enchanteur plein de paix et d'ombrage

Dont les froids de l'hiver n'approcheront jamais :

Là, plus verts sont les champs et les bois plus épais,

Le matin plus riant, plus fraîche la soirée....

Là, je sais aussi plus d'une grotte ignorée,

Dans des vallons charmants et que le Ciel bénit,

Où notre jeune amour pourrait placer son nid.

Fuyons, fuyons ensemble aux régions lointaines ;

Viens! au pied de ces murs laisse tomber tes chaînes,

Allons chercher tous deux, sous un ciel enchanté,

La joie et le soleil, l'amour, la liberté.

Il dit. Et ses deux mains se joignent suppliantes.

La pauvre Sœur soupire et deux larmes brillantes

Ont roulé sur sa joue, aux yeux du séducteur;

Et, sous son voile noir, redouble sa pâleur.

— Non! ils ont fait tomber mes cheveux, et ma tête

Rasée a la blancheur du crâne d'un squelette!

— Mais le temps qui revêt les arbres défeuillés,

Redonne leurs toisons aux agneaux dépouillés,

Le temps te la rendra, ta brune chevelure....

— Mon visage a vieilli dans ma cellule obscure.

— La fleur que les grands froids ont saisie, au printemps,

Au soleil renaîtra pour parfumer les champs....

Enfant! crois-moi; l'amour, ce beau printemps de l'âme,

Charmant mystère! rend la fraîcheur à la femme :

Ton visage pâli refleurira demain....

Viens!

      Mais la jeune Sœur lève sa blanche main :

—Garde-toi de toucher à mes habits, dit-elle...

Crains le courroux de Dieu !

           Mais sa main criminelle

De Blanche a relevé le voile... Dans la nuit,

Sacrilége! un baiser profane retentit.

Femmes ! anges d'amour! vous seules pourriez dire,

Lorsque le souvenir rêveur vous fait sourire,

Quels horisons nouveaux ouvre un premier baiser.

Cet instant qu'on voudrait pouvoir éterniser,

Découvre un coin du ciel devant l'âme ravie.

N'est-ce pas, dites-nous, que les biens de la vie,

Les plaisirs que le sort a semés sur vos pas,

Tous les trésors humains, femmes, ne valent pas

Ce bruit doux et léger qu'on fit sur votre bouche?

Vous pourrez, quand viendra la mort à l'œil farouche,

En comptant les baisers dont l'amour vous troubla,

Vous repentir de tous... hormis de celui-là.

Blanche appelle son Dieu; mais le jeune homme emporte

Loin du cloître endormi, la Sœur à demi morte.

Auprès du Rhône bleu s'élevait un couvent,

Vaste sépulcre au sein d'un riant paysage:

Les bruits humains venaient mourir sur ce rivage

Avec les flots d'azur soulevés par le vent.

III

—Oh! viens, mon bien-aimé, délivre une captive:

Conduis-moi loin, bien loin, vers la charmante rive,

Où je pourrai revivre en m'appuyant sur toi.....

Je t'aime! et cependant, vois, je tremble d'effroi....

Du lugubre couvent n'ouvre-t-on pas la porte ?

Laisse aller la nacelle où la brise l'emporte

Et prends-moi dans tes bras. Je t'aime! Oh! que ces mots

Sont doux à prononcer! — Au murmure des flots

Mêlons nos doux baisers : — L'amour est le pilote

Qui nous mène au bonheur. — Elle pleure et sanglote

Et se cache éperdue au sein de son amant.

Mais l'étoile se cache et le bleu firmament

A disparu; — déjà la pluie à flots ruisselle....

La vague menaçante emporte la nacelle....

La main de Dieu se montre et sillonne les cieux....

Sœur Blanche! la vengeance est le plaisir des dieux :

Le Christ se venge! horreur! en ce moment suprême,

Son amant irrité contre le ciel blasphème.

Elle s'arrache aux bras tout à l'heure si chers,

Son regard étincelle aux lueurs des éclairs :

Pardonne-moi, dit-elle, ô divine puissance !

Dans le fleuve en courroux la jeune Sœur s'élance.

IV

Appelant la recluse aux pieds de l'Éternel,

La cloche sonne : Blanche est sourde à son appel.

A jamais dans les eaux, tombe humide et glacée,

Aux bras de son amant elle dort enlacée.

Souvent, les soirs d'orage, on entend des sanglots

Parmi les cris des airs et les clameurs des flots,

Et parfois le pêcheur a vu, dans les nuits sombres,

Passer rapidement tout près de lui deux ombres ;

Ce couple est pâle, triste et pleure avec terreur,

Jetant des mots d'amour aux vents pleins de fureur :

On tremble en écoutant ces voix de l'autre monde.

Quand la tempête cesse ils descendent dans l'onde.

Auprès du Rhône bleu s'élevait un couvent,

Vaste sépulcre au sein d'un riant paysage;

Les bruits humains venaient mourir sur ce rivage

Avec les flots d'azur soulevés par le vent.

A son aspect, songeant aux cellules glacées

Tremblantes, s'enfuyaient les jeunes fiancées.

LE CHANT DU MARAIS

La nature est sombre ;

Des astres sans nombre

Aucun ne luit,

Une fraîche haleine,

L'âme de la nuit,

Passe dans la plaine.

Vers le vieux manoir

Caché dans le noir

Plusieurs formes blanches

Dirigent leur vol,

Traversant les branches
Ou rasant le sol.

O cœurs solitaires,

Rêvant des mystères,

Des sombres attraits

De l'espace immense,

Le chant du marais

A l'instant commence.

Dans le fond des eaux,

Au pied des roseaux,

L'orchestre sauvage

Vient de s'éveiller :

Il grouille et tapage

Dans le noir bourbier

Comme le prélude,

Déjà grave et rude

S'élève une voix :

Puis la populace

Entière à la fois

Coasse, coasse.

Hélas ! on dirait

La voix du regret,

O grenouilles sombres !

Il me semble alors

Entendre des ombres.

Vous, hideux ténors,

Dans ces chants funèbres,

Dignes des ténèbres,

Crapauds ! de douleur

Votre voix est pleine :

On dirait le chœur

Des âmes en peine.

L'oiseau dans son nid

S'éveille et s'enfuit

 A ces cris lugubres

Et vers d'autres lieux,

Plus gais, plus salubres

 Vole soucieux.

Dans le sentier j'erre :

La tristesse amère

S'empare de moi....

Je baisse la tête :

Sans savoir pourquoi,

Mon cœur s'inquiète.

Je crois voir autour

De la vieille tour

Ceux que la mort glace

Et, dans ces débris,

Rechercher la trace

Des êtres chéris.

Et, dans l'ombre obscure,

Je vois la figure

De ceux que j'aimais :

Cœurs d'or, à cette heure,

Perdus à jamais

Pour mon cœur qui pleure :

Oh! restez ! restez !

De grâce écoutez :

Je vous aime encore !

Mais les trépassés

Que ma voix implore

Se sont effacés.

La nature est sombre,

Des astres sans nombre

Aucun ne luit;

Une fraîche haleine,

L'âme de la nuit,

Passe dans la plaine.

LA FEUILLE DE MURIER

De mille sœurs j'étais l'aînée ;

J'ai vu toutes mes sœurs passer ;

De ce mûrier où je suis née

L'orage n'a pu me chasser.

Mais l'automne a dit : — Qu'elle meure !

Et j'entends sa lugubre voix,

Mon chant de mort que le vent pleure .

Dans la profondeur de ces bois.

Ma courte carrière est finie :

De la mort je sens la torpeur ;

Les matins glacés m'ont jaunie

Et je suis laide à faire peur.

Hier, j'étais si verte encore !

Toute palpitante d'espoir

Sous les frais baisers de l'aurore,

Sous les tièdes baisers du soir !

La séve coulait dans mes veines,

Mes fibres se tordaient d'amour,

Lorsque, pendant les nuits sereines,

Mon sylphe me faisait la cour.

Il avait toutes mes pensées,

J'écoutais ses chuchotements :

Oh ! que de belles nuits passées !

Où sont allés tous ses serments ?

Aux premiers froids, à tire-d'aile,

Il m'a laissée où e gémis :

Le sylphe est comme l'hirondelle :

Tous deux sont comme les amis.

Lorsque j'etais encor jolie,

Quand embaumait encor la fleur,

Hélas! que ne m'a-t-on cueillie

Pour me livrer au ver fileur !

Ah! je serais morte avec joie

Pour nourrir le noble ouvrier

Et me serais changée en soie

Moi, l'humble feuille du mûrier.

J'aurais, sous des formes nouvelles,

Aidé la résurrection

Du pauvre ver qui prend des ailes

Et qui s'envole papillon.

Ensuite, étoffe devenue,

Étoffe fine de satin,

J'aurais voilé l'épaule nue

Qui craint la fraîcheur du matin,

Ou j'aurais, dans le bal folâtre,

Aux regards jaloux d'un amant,

De la femme qu'il idolâtre

Emprisonné le corps charmant.

Ou j'aurais, pour celui qui t'aime,

Vierge! rehaussé ta beauté,

Et reçu, tremblante moi-même,

Quelques baisers de volupté.

J'aurais.... mais mon chant funéraire

A retenti dans le vallon....

Je meurs, comme une poitrinaire,

Sous le souffle de l'aquilon.

Et l'aquilon impitoyable

Sur le chemin m'emportera,

Et la fermière pour l'étable,

Un jour brumeux, me balaîra.

Et moi, fille de la vallée

Qui prêtais mon ombre aux oiseaux,

Alors, je me verrai foulée

Sous les pieds pesants des troupeaux.

Puis, quand ils m'auront avilie,

On me portera dans les champs :

Mais de la fange vient la vie

Et je serai fleur au printemps.

Et je renaîtrai marguerite

Ou lis des vierges contemplé,

Peut-être, du sort favorite,

Nourrirai-je un épi de blé,

Ou la vigne aux grappes joyeuses

Qu'en automne dépouilleront

Pour le pressoir, les vendangeuses

Au pied léger, au bonnet rond,

Car rien ne périt dans le monde,

Tout n'est que transformations :

De la mort triste, mais féconde,

Naissent les résurrections.

LE CHANT DES TRÉPASSÉES

CHŒUR.

Nous venons, blanches trépassées,

Semer l'espoir à pleines mains.

Nous sommes les douces pensées,

Les illusions caressées,

Les songes heureux des humains

UNE TRÉPASSÉE.

La sombre nuit me voit descendre

Au chevet du petit enfant

Pour le charmer et le défendre :

Aussi, sa mère, sans comprendre,

Le voit sourire bien souvent,

Je fais mouvoir sa couche frêle,

Et quand il dort, le front vermeil,

Dans ses rêves, sa voix m'appelle,

Tandis que du bout de mon aile,

J'évente son calme sommeil.

UNE AUTRE.

Lorsque la jeunesse joyeuse

Jette ses printanières fleurs

Sur l'adolescente rieuse,

Moi, de sa route périlleuse

Je viens écarter les douleurs.

UNE TROISIÈME

Quand de vert le printemps s'habille,

Jetant ses soupirs ingénus

Au vent qui près des fleurs babille,

Lorsque cherche la jeune fille
Ses amours encore inconnus,

C'est moi qui viens et la conseille
Et, tremblant de voir s'égarer
Ce cœur candide qui s'éveille,
C'est moi qui nomme à son oreille
L'homme qu'elle doit préférer.

UNE QUATRIÈME.

La bonté, cette fleur de l'âme,
Laisse ses parfums après nous,
Plus d'un cœur brisé nous réclame :
De nos yeux l'amour voit la flamme,
Le malheur sait comme ils sont doux.

UNE CINQUIÈME.

Grâce à nous, la vierge sans crainte,
O mort ! voit tes bras ravisseurs,

Quand elle a subi ton étreinte,

Nous emportons son âme sainte

Qui devient une de nos sœurs.

CHŒUR

Nous venons, blanches trépassées,

Semer l'espoir à pleines mains ;

Nous sommes les douces pensées,

Les illusions caressées,

Les songes heureux des humains.

LA VIOLETTE

(D'après Gœthe.)

Toute timide, ignorée en un pré,

    Est un amour de violette :

Une bergère au pied leste et cambré

Court en chantant auprès de la fleurette.

Ah ! si j'étais, moi, la plus belle fleur,

    Hélas ! se dit la violette,

Un seul moment, le temps pour la coquette

De me cueillir, me presser sur son cœur.

Hélas ! hélas ! arriva la fillette

Qui la foula sans la voir sous ses pas :

    Alors, la pauvre violette :

Je meurs par elle, oh ! je ne me plains pas !

LES CENDRES DE VOLTAIRE

Paris dort fatigué dans l'ombre épaisse : — alerte !

Gardiens ! surveillez la ruelle déserte !

Les malfaiteurs rampant le long des murs, sans bruit,

Ont dit en souriant : — C'est une belle nuit !

Alerte ! car là-bas, vêtus de manteaux sombres,

Des hommes ont passé muets comme des ombres,

Le front penché ; leurs yeux regardent en dessous

Vos portes, citoyens ! tirez bien vos verroux.

Où vont-ils, à pas lents et fuyant la lumière ?

Ils vont où dort la gloire et veille la prière ;

Ils vont au Panthéon. Certes, vases sacrés !

C'est votre or qui les a vers le temple attirés.

Sans doute ils fouilleront la riche sacristie,

Des calices divins ils jetteront l'hostie ;

Puis, chargés de butin, ils iront jusqu'au jour

Dans ces calices boire, en riant à l'amour.

Mais non, car ces voleurs, s'entourant de mystère

Et de nuit, vont troubler les cendres de Voltaire.

Trépassés qui dormez dans ces sombres caveaux,

Qui nous avez légué tant de nobles travaux,

Grands hommes dont la vie, en prodiges féconde,

Fut toute consacrée à l'avenir du monde,

Sortez du lourd sommeil et, sur votre séant

Funèbre, levez-vous, jetez-les au néant.

Grand Arouet, foudroie avec un seul sourire

Ces sombres malfaiteurs qui, ne pouvant détruire

Ton sublime édifice, osent à ton repos

T'arracher et, la nuit, se venger sur tes os.

Croyant voir ta grande ombre, ils sentent leurs courages

Faiblir et la sueur inonder leurs visages.......

A la dernière marche ils arrivent tremblants :

La majesté des morts rend leurs pas chancelants.

Ils hésitent vingt fois; mais à leur vieille idole

Ces bandits pleins d'honneur ont donné leur parole.

Quel destin glorieux, Voltaire, que le tien !

Tu fus des vérités l'invincible soutien.

Ton génie a passé, comme un torrent qui gronde,

Entraînant dans son cours les erreurs du vieux monde

Déracinant partout les cruels préjugés,

Et laissant après lui les abus ravagés,

Les superstitions livides et brisées,

Serpents tirant encor leurs langues écrasées....

Puis quand il eut détruit les remparts du haut vol,

Du crime tout-puissant, lavé l'antique sol

Et qu'il l'eut préparé pour la sainte semence

Que la philosophie alors semait en France,

De l'est à l'occident, du midi jusqu'au nord,

La liberté cria: Le moyen âge est mort !

Elle dit, et tirant du fourreau son épée,

Elle commence enfin sa divine épopée,

Et l'homme aux pieds des grands, à son cri belliqueux,

Se lève debout, voit qu'il est aussi grand qu'eux

Et pousse vers le ciel un long cri de vengeance.

Le peuple, vieux martyr, lève son bras immense

Et tous les oppresseurs tombent anéantis;

Il frappe, et les hauts murs par des siècles bâtis

Qui gardaient le pouvoir de la Seine à la Saône

S'écroulent; en éclats on voit voler le trône;

Il frappe, et le sang coule et rougit le pavé,

Le canon gronde, tue, et le monde est sauvé.

Mais qu'ont dit les puissants montant à leur calvaire?

Notre sang, sur ton nom, retombera, Voltaire !

Comme Pallas jadis aux cieux olympiens

Sortit du divin front du roi des dieux païens,

Ainsi, de ton cerveau, dans notre France aimée,

La Révolution arriva tout armée.

Mais si, pour se venger, le peuple furieux

A fait couler le sang à votre face, ô dieux

Amis de la vengeance! oubliez ce grand crime:

Il fut un jour bourreau, mais cinq mille ans victime.

Ton génie à jamais, Voltaire, est triomphant,

Et, malgré les clameurs, ce siècle est ton enfant.

Mais tu croyais, grand homme, au temple de mémoire

Pouvoir dormir en paix, dans ta tombe de gloire!

Près de quatre-vingts ans de travaux, de combats

T'avaient donné le droit de reposer tes bras!

Non! non! de noirs voleurs, le front de crainte pâle,

Sont venus t'arracher à la paix sépulcrale,

Et, loin de ces caveaux consacrés aux grands morts

Par la grande Assemblée, ils emportent ton corps.

Ils sont sortis du temple, et, hors de la barrière,

Ils vont jeter au vent, à la nuit, ta poussière.

A la France endormie à cette heure, quel tour
Ces hommes ont joué! Qu'on vienne chaque jour
Honorer ton tombeau vide, ils riront aux larmes
Et se glorifiront du succès de leurs armes.

Mais nous rions aussi de tous leurs efforts vains;
Qu'ils viennent arracher ton nom des cœurs humains.
Et puisqu'ils ont, la nuit, profané ta poussière,
Qu'ils viennent donc aussi souffler sur la lumière
Que tu léguas au monde en mourant: ah! les sots!
Ah! plutôt de la mer qu'ils arrêtent les flots!

Vainement ils sont fiers de leur lâche victoire;
Ont-ils pu t'enlever ton suaire de gloire!
Voltaire! nos neveux baiseront ton drapeau;
On a jeté ta cendre: il te reste un tombeau;
Il te reste, en dépit de leurs sombres vengeances,
Le sublime tombeau de nos intelligences!

LE CHIEN DU ROI

APOLOGUE

I

Bien que tu sois le maître au chenil de ton maître
Et qu'à tes appétits on ne refuse rien,
Bien qu'on tremble sitôt que l'on te voit paraître
Et malgré ton orgueil, Milor, tu n'es qu'un chien.

Milor ! je te nourris pour aboyer et mordre,
Je t'engraisse pour que tu fasses aimer l'ordre ;
Sois vil dans mon palais et superbe alentour ;
En un mot, sois ici l'exemple de ma cour.

Saute pour ma gaité, gronde pour ma colère,

Souffre de mes revers, jouis de mon bonheur ;

Si je te frappe, chien ! roule dans la poussière,

Lèche l'auguste pied qui te fait cet honneur.

Tu dois donner la patte au rimeur qui me loue,

Tu dois surtout hurler et sauter à la joue

De qui reste debout à côté de mon char :

Dieu t'a donné des crocs pour défendre César.

Bouledogue, crois-moi, sois un chien véritable :

C'est assez ici-bas pour faire son chemin.

Et l'on te jettera des morceaux de ma table,

Même tu recevras quelques os de ma main.....

Pour que ta vanité puisse être satisfaite,

Je pourrai te donner, lorsque viendra ma fête,

Un beau collier tout rouge avec cadenas d'or.

Le roi dit.... et chassa d'un coup de pied Milor

Qui du discours royal pesa chaque parole.

Il fit envie à l'homme à force d'être vil,

Avec les courtisans il prit des airs d'idole

Et toisa les humains du haut de son chenil.

D'illustres généraux, des ministres, des princes,

Des députés venus exprès de leurs provinces

Apportaient des présents à ce chien en crédit ;

Il ne put tout manger, malgré son appétit.

II

Mais un jour de malheur, le peuple vint s'abattre

Sur le palais qui fut bientôt rougi de sang ;

Milor était si gras qu'il ne pouvait se battre ;

Il hurlait de terreur après le dernier rang.

Le roi se retrancha dans son dernier asile.

Le palais fut cerné par une horde hostile,

Puis la famine vint et toute obésité

Disparut à la cour de notre Majesté.

Un soir les révoltés tentèrent l'escalade ;

Milor veillait couché près d'une barricade,

Prêt à donner l'éveil aux royaux : il allait

Aboyer, quand, avec une aile de poulet,

Un chef des ennemis acheta son silence.

Le roi vaincu partit pour un exil lointain.

Son chien le vit s'enfuir avec indifférence :

Milor sut devenir libre et républicain.

III

Que de fois on l'ouit aboyer de tendresse,

Lorsque la liberté, sa nouvelle maîtresse,

Présidait aux repas des hommes au pouvoir.

Au dessert bien souvent, connaissant son devoir,

Milor faisait le beau sous les yeux des convives,

Et chacun lui jetait un morceau savoureux,

Tandis que mille toasts aux phrases expansives

Vantaient l'égalité qui rend le peuple heureux.

Cela ne dura pas, — le peuple est comme l'onde, —

Un nouveau roi parut sur la scène du monde :

La pauvre république eut beau crier merci !

Son ciel d'azur s'était tout à-coup obscurci :

Elle mourut. Le chien qui l'avait adorée,

Tandis qu'elle expirait, la mordit sans pudeur

Puis, fier de sa victoire, et la langue tirée,

Il courut implorer un collier au vainqueur.

PARIS

Il avait tant souffert, bien qu'il fût jeune encore,

Pour la cause du peuple et de la liberté !

L'exil, où d'êtres chers l'absence nous dévore,

L'avait pris sur les bancs de l'Université.

La prison, antre noir rempli de solitude,

Avait ridé son front, quand sonnèrent trente ans :

Il avait comme Christ suivi l'école rude

Dont les lauréats sont sacrés par les tourments.

C'était un vieux héros des guerres parisiennes,

Ce jeune homme rêveur ! Souvent, percé de coups,

Vous l'avez vu tomber, légions plébéiennes,

Et se relever fier pour combattre avec vous.

Un beau jour de printemps, on le vit sur la cime

Qui domine Paris; ses yeux étaient mouillés.

Il penchait son haut front sous un penser sublime;

La ville, immense mer, mugissait à ses pieds :

Paris, s'écria-t-il, auguste capitále!

Dont la Constituante a tracé l'avenir,

Toi dont chaque pavé, chaque mur, chaque dalle

Aux petits-fils des grands marque un grand souvenir;

Paris, Rome moderne! ah! qu'es-tu devenue?

Aux yeux de l'univers, garderas-tu longtemps

Cette couronne d'or ceignant ta tête nue,

Dont les droits humains sont les fleurons éclatants?

Hélas! reine des arts, comme l'était Athènes!

Où sont-ils aujourd'hui tes poëtes fameux;

Où sont tes Euripide, où sont tes Démosthènes?

Ne crains-tu pas Lysandré au nom victorieux?

Où coule donc le sang des héros, nos grands-pères ?

Où sont-ils, leur génie et leurs bras de géant ?

Quoi ! rien n'a-t-il surgi de leurs saintes poussières ?

N'ont-ils à leurs neveux légué que le néant ?

C'est qu'il manque à nos cœurs leurs élans intrépides

Et le culte sacré de la fraternité ;

Dès longtemps l'égoïsme aux yeux ternes, avides,

A tué parmi nous la noble charité.

Le commerce inquiet spécule sur la gloire,

Et le marchand en gros couvre d'additions

Les marges du grand-livre où rayonne l'histoire

Des gigantesques faits des révolutions.

Et Paris n'aime plus ... et la femme elle-même

Descend du piédestal que les aïeux ont sculpté

Et profane en riant son divin diadème

Ne se souvenant plus de sa divinité.

Et le son de l'argent au cœur des jeunes filles
Est plus doux que le bruit des baisers de l'amour;
Et l'or lie et délie : — il forme les familles :
Deux intérêts unis mettent l'enfant au jour.

Oh ! ne seront-ils pas atteints de rachitisme
Ces hommes que l'amour et Dieu n'ont point formés,
Et se nourriront-ils de ces grains d'héroïsme
Que dans le sol francais nos aïeux ont semés?

L'héritage éclatant, glorieux qui nous pèse,
Nos neveux pourront-ils l'accepter sans effroi,
Puis, à l'an dix-neuf cent, le vieux quatre-vingt-treize
Pourra-t-il dire : ô fils, je suis content de toi ?

Paris, mère des forts, dont la rude mamelle
A nourri les plus grands rédempteurs d'ici-bas,
O toi, que leurs hauts faits devraient rendre immortelle,
Comme Athènes et Rome, hélas ! tu périras !

La liberté, l'amour et l'égalité sainte

Ne trouvent plus d'abri sur ton sein condamné;

L'Attila du trafic envahit ton enceinte :

Paris! tu périras, pour n'avoir pas aimé!

LES DEUX MUSES

I

Leur visage blafard est habillé de rose ;

Leur crâne de squelette habillé des cheveux

Que le coiffeur célèbre à son vitrage expose

Auprès des petits pots au pouvoir merveilleux.

Elles vont, le front haut, avec des airs d'infante,

Traînant leur robe à queue et leur honte au hasard ;

Les gandins conquérants, la mine triomphante,

Suivent leurs pas divins, le long du boulevard.

Ces couples sont heureux de leur gloire éphémère,

Et sur la femme honnête aiguisent leur esprit ;

Car les *petits-crevés* n'ont jamais eu de mère :

Le public des badauds fascinés applaudit.

Quand on a vu passer ces produits de notre âge,

Il est doux de trouver, au seuil d'une maison,

Une femme joyeuse, au ravissant visage,

Endormant son enfant au bruit d'une chanson.

Elle est jeune, elle est belle et sourit dans un rêve,

Croyant tenir l'espoir du monde sur son cœur,

Et commençant des mots que l'ange au ciel achève,

Et regardant les sots du haut de son bonheur.

II

Ainsi quand on a vu quelque muse ordurière,

Dans son temple enfumé, charmer de ses refrains

Un peuple de bouffons qui se grise de bière,

Et qu'on a mis les pieds hors de ces souterrains,

Si, rentrant au logis, on trouve sur sa table

Les poëtes aimés vous attendant ouverts,

L'esprit est soulagé; comme un fruit délectable,

Le cœur battant de joie, on savoure leurs vers.

SUICIDE

« D'horreur et de beauté la femme est un mélange ;

Elle devient démon en cessant d'être un ange ;

Semant sur son passage et les fleurs et la mort,

Elle rit quand un cœur dans sa douleur se tord ;

Son front blanc dit : amour ! quand son âme dit : haine !

Elle aime à voir le sang humain rougir l'arène,

Et choisit pour amant le plus sanglant héros.

Au spectacle hideux offert par les bourreaux,

Au pied de l'échafaud devançant la lumière,

Souriante, on la voit accourir la première.

Puisque nulle pitié ne saurait naître en vous,

Puisque l'horreur plaît tant à vos regards si doux,

Et que les jours de deuil sont pour vous jours de fête,

Madame, sur l'honneur, vous serez satisfaite.

Ah! vous aimez le sang : eh bien! vous en aurez :

Vous verrez mon cadavre, et vous réjouirez. »

En recevant ces mots, la sirène cruelle,

Auprès de sa psyché, pâlit, tremble, chancelle;

Cet holocauste humain offert à sa beauté

Attire les regards de sa divinité :

— Vite, enveloppons-nous de ce ténébreux châle

Qui produit tant d'effet quand le visage est pâle !

Avec l'encre de Chine agrandissons nos yeux !

De la poudre de riz sur ce front soucieux !

Du carmin sur la lèvre, et laissons cette tresse

De nos cheveux tomber en signe de détresse...

Nous pleurerons... les pleurs nous seyant à ravir...

Et maintenant, courage! allons le voir mourir !

Après une heure enfin, elle court, elle vole.

Sur le seuil de la chambre où votre amant s'immole,

Vous vous posez bientôt, microscopiques pieds,

Et vous, regards mortels, comme vous épiez

L'agonie! Il est temps : l'arme deux fois s'élève...

Deux fois elle s'abaisse... Accours donc, fille d'Ève !

De traverser ce seuil pourquoi tant différer !

Sauve un homme qui meurt pour trop idolâtrer !

Vite ! le pistolet menace sa poitrine :

Le coup part... Ah ! vois donc comme ce front s'incline.

Ah ! le sang va jaillir! Le sang ne jaillit pas.

Le mort s'est relevé, tend vers elle ses bras :

— Ange sauveur! merci ! tu m'épargnes un crime ;

De moi l'amour cruel ne veut pas pour victime :

Quand j'ai tiré le ciel a détourné ma main.

La femme s'approcha de l'homme avec dédain :
— Ah! c'est que cette main a tremblé, lui dit-elle ;
Ma douleur eût été déchirante, éternelle ;
Dans mes rêves d'amour je vous aurais nommé :
Ah! si vous étiez mort, que je vous eusse aimé!

LE LUTIN AU BAL

I

De parfums emplissant les salles,

La bouche en cœur, le front riant,

Dansaient cent beautés idéales

Au son d'un orchestre bruyant.

Penchant son cou de tourterelle,

L'une, séduisante Laïs,

Bondissait comme une gazelle

Au sein de la fraîche oasis.

L'autre, unissant la grâce exquise

Avec l'orgueil patricien,

Avait le port d'une marquise,

D'une reine du Titien.

Celle-ci causait le martyre

De vingt cavaliers tour à tour ;

Celle-là d'un mutin sourire

Payait des mois entiers d'amour.

Une autre promettait, perfide !

Le ciel qu'elle n'accordait pas ;

Et plus d'un sombre suicide

Avait déjà marqué ses pas.

Elles passaient brunes et blondes,

Aux airs modestes, arrogants ;

Et l'on aurait donné des mondes

Pour baiser le bout de leurs gants.

II

Mais tout à coup la porte s'ouvre,
— Minuit sonne dans le lointain.
Un nain paraît, qui se découvre,
Ainsi qu'un honnête lutin.

Son habit vert, son front sauvage
Font pâlir le gai carnaval ;
Il vient du fond du moyen âge
Jouir de ce moderne bal.

Sur ses deux pieds l'intrus se dresse
Avec un sourire narquois :
A son aspect la valse cesse,
La musique n'a plus de voix :

Salut ! dit-il, aux fausses âmes,

Aux faux cheveux, aux fausses dents,

Aux fronts fardés, aux vieilles femmes

Qui cherchent à tricher le temps !

Plus d'une a des cheveux de morte

Et les place auprès de son lit,

Sans craindre qu'on frappe à sa porte

Au son lugubre de minuit,

Et que la pauvre trépassée

Dise : Il fait un froid rigoureux

Dans l'ombre ; ma tête est glacée,

Et j'ai besoin de mes cheveux.

Mesdames ! un peu de franchise !

Répondez : N'est-il point chez vous

De faux chignons, de tête grise

Cachés avec un art jaloux ?

Point de fausses dents à ces bouches
Dignes de plaire aux Trianon,
Sur ces fronts point de couleurs louches ?
Toutes en chœur crièrent : non !

Il reprit d'une voix de tombe :
Bien ! nous le saurons sans délai :
Allons, que toute fraude tombe,
Et qu'il ne reste que le vrai !

On ouït un coup de tonnerre ;
Seins achetés, dents et cheveux
Aussitôt roulèrent à terre
Dans un pêle-mêle hideux.

Les fards blancs ou roses fondirent
Sur des visages amaigris,
Et les beautés s'évanouirent
Faisant place à des traits flétris.

On vit des chevelures grises

Et luire des crânes nus,

Et des vieilles ayant des crises

Auprès des cavaliers confus,

Et de jeunes femmes caduques

Riant au nez de leur amant

Et courant après leurs perruques

Qui s'enfuyaient rapidement ;

L'une semblait changée en pierre ;

Dans un coin d'autres trépassaient,

Et l'on eût dit un cimetière

Où cent spectres apparaissaient.

LE RÊVE D'UNE JEUNE FILLE

Au soleil j'ouvre ma fenêtre :

Beau printemps qui vient de renaître

    Et souris,

Hélas ! pourquoi fleurs et dentelles,

Quand ce beau mois paraît, sont-elles

    Hors de prix ?

J'aime le velours de Messine,

Le satin broché qui dessine

    Avec art

Une forme de jeune femme,

Où se repose plein de flamme

    Le regard.

J'aime sur mon épaule blanche

Des perles — quand mon cou se penche

Gracieux ;

J'aime les diamants sans nombre

Et dont étincellent dans l'ombre

Les cent yeux.

J'aimerais, comme une marquise,

Dans un coupé splendide assise,

Promener

Mes grâces aux yeux exposées ;

Traverser les Champs-Élysées,

Étonner

Le public aux flatteurs murmures,

Sur le passage des voitures

Arrêté ;

Et j'aimerais, dans sa louange,

M'entendre comparer à l'ange

En beauté.

Et j'aimerais aux Tuileries,

Ruisselante de pierreries,

Aux éclats

Des cent lampes impériales,

Étaler dans les vastes salles

Mes appas.

Que l'amour cherche une autre proie !

Je trouve les rêves de soie

Suffisants ;

Je n'aime que riches étoffes ;

Combien sont aussi philosophes

A seize ans !

Foin du petit dieu qui ricane !

Quand un amer sentiment fane

Notre teint :

Ah ! n'ayons, jeunes héritières,

Pour les amours et leurs chaumières

Que dédain.

J'attends comme la Providence

Ce banquier grisonnant qui danse

Pesamment :

Il a cent mille francs de rente;

Son œil à la prunelle ardente

Est charmant.

Il me sourit et m'examine;

Il serre ma main en sourdine

Chaque soir ;

Il pousse un gros soupir bien tendre;

Baissant les yeux, je sais l'entendre

Sans le voir.

Non ! ce n'est pas une chimère :

Il parle tout bas à ma mère ;

J'aime mieux

Sa bonne face rubiconde

Que le soleil charmant le monde

De ses feux.

TABLEAU

Souvent seule, le soir, pour mieux voir ses richesses,

Devant Dieu souriant de cette vanité,

A leur gardien d'écaille elle enlevait ses tresses

De cheveux, leur rendant toute leur liberté :

Les captives tombaient en se tordant de joie,

Les unes caressant son visage animé,

Une autre serpentant sur un bras qu'elle noie,

L'autre baisant un sein par les grâces formé ;

Et combien s'arrêtaient sur son épaule nue !

Elle les regardait ruisseler en riant ;

Et le miroir cassé de la pauvre ingénue

Reflétait des trésors dignes de l'Orient.

Alors l'esprit venu des sphères éternelles,

Devant ce frais tableau formant d'étranges vœux,

Son ange protecteur, pour baiser ses cheveux,

Contre une bouche humaine eût échangé ses ailes.

LES BOUTIQUIERS

Nous n'avons plus besoin de colonies ;

O café, tu mûris

A Paris.

Les épiciers, ces modernes génies,

Ont imité les dieux

Orgueilleux ;

Dans leur boutique aux entrailles bénies,

Chaque denrée a poussé tour à tour :

Les boutiquiers sont les puissants du jour.

Indifférent à tous vos vains murmures,

Cet honnête épicier

Passe altier

Et triomphant sous le feu des censures

Des petits estomacs

Délicats ;

Il a dompté les poids et les mesures ;

Le ciel d'en haut le voit avec amour :

Les boutiquiers sont les heureux du jour.

Sans eux pourtant la terre était perdue ;

Mais ils ont importé

L'équité ;

A leurs plafonds la balance pendue

Pèse tout : — passions,

Actions;

En les voyant, Thémis est confondue ;

Elle est trop vieille et mourra sans retour :

Les boutiquiers sont les sauveurs du jour.

On voit partout boutique sur boutique :

Les amours inconstants

De nos temps

Portent encor le vieux bandeau classique,

De nos pères l'orgueil,

Sur un œil :

L'autre est ouvert pour lorgner la pratique.

Au magasin se rassemble leur cour :

Les boutiquiers sont les amants du jour.

Tant ils ont fait de l'argent du scandale,

Nos grands hommes de l'art

Sont tout lard.

Portant enfin la casquette idéale,

Et trônant sur un sac,

Nos Balzac

Au juste prix débitent la morale,

Le sel attique et le gai calembour :

Les boutiquiers sont les hommes du jour.

Vers l'avenir marchons sans défiance,

Boutiquiers, en avant.

Tout se vend :

Crédit, amour et lauriers et science ;

Même sans en avoir

Il faut voir

Combien de gens vendent leur conscience !

Le bien, le mal ont le contre et le pour :

Les boutiquiers sont les héros du jour.

CONFESSION D'UNE VEUVE

Cher banquier, vous venez, chaque année, à genoux,

Me dire : Je serai le meilleur des époux.

Vous êtes, dites-vous, rempli d'obéissance,

Tout miel, et cependant, dans votre impatience,

Vous vous fâchez un peu contre ma volonté

De garder pour toujours ma chère liberté;

Et vous criez bien haut que mon âme est de glace :

Bien plus, vous demandez en maître que je fasse

Humblement à vos pieds une confession

Des vices de ce cœur sourd à la passion,

Si glacé qu'il résiste à vos soupirs, vos larmes,
Si fort qu'à votre aspect il ne rend point les armes;
Vous vous demandez si, ne pouvant m'enflammer
Devant votre valeur, je pus jamais aimer.

Écoutez donc : je vais ouvrir ce cœur de pierre.
Chut! j'eus deux passions, deux seules! La première
Fut un beau capitaine aux habits éclatants ;
Hélas! je n'avais pas encore dix-sept ans.
Il me vit, il m'aima, me le dit à voix basse,
Tout en se regardant de travers dans la glace ;
Et moi, les yeux baissés, j'approuvai son amour
Et je n'en dormis plus. Il venait, chaque jour,
Me parler de ses duels, des bals, de l'exercice ;
Je ne l'écoutais pas ; mais, tant j'étais novice,
Je tombais en extase et dévorais des yeux
Les épaulettes d'or du jeune ambitieux.

6.

— Vous rêviez, direz-vous, de sang et de bataille ?

— Non : pour lui j'aurais craint les coups de la mitraille ;

En dépit de la gloire, — hélas ! c'était honteux ;

J'aimais mieux qu'il ne fût ni manchot ni boiteux.

Que devint ce héros ? Un soir, belle et parée,

— Ma famille donnait une grande soirée ; —

Je l'attendais, troublée et le sein palpitant.....

Il vint : ce n'était plus mon guerrier éclatant,

Mais un affreux bourgeois... La voix entrecoupée,

Je lui parlai, cherchant vainement son épée,

Ses beaux boutons d'argent sur son triste habit noir :

Tout avait disparu ; j'en fus au désespoir...

Hélas ! j'avais commis une bévue énorme :

Ce que j'aimais en lui, c'était son uniforme.

C'en fut fait ! Dans mon cœur, qui calma ses transports,

Le preux ne rentra plus *dès qu'il en fut dehors*.

Il se nommait, je crois, Maximilien Delvire...

J'ai terminé... passons !... Mais je vous vois sourire ;

Pour ce soupçon, banquier, tombez à mes genoux,

Et repentez-vous vite ou craignez mon courroux.

Je lui donnais mes mains à baiser en cachette.

Un jour, il releva quelque peu....... ma manchette.

Passons.

Un an plus tard, un jeune voyageur,

Cousin aux cheveux blonds, toucha mon jeune cœur ;

Il avait de grands yeux, le nez droit et l'air sombre.

C'était à la campagne. A l'heure grave où l'ombre

Descend sur le sentier serpentant dans les blés,

Ensemble nous allions voir les cieux étoilés,

Et les mains dans les mains, bien souvent, sur la brune,

Nous attendions, rêveurs, le lever de la lune.

Un soir, mon beau cousin, tombant à mes genoux.....

— La nuit était sereine et le temps était doux ; —

D'un superbe soufflet je payai son audace,

Et m'enfuis le laissant moitié mort sur la place.

Il me bouda huit jours. Mais enfin une nuit,

— J'étais seule au salon ; — il m'aborda sans bruit :

Je vais chercher l'oubli, dit-il, au nouveau monde.

Il pleurait... Sans pitié pour sa peine profonde :

Partez, partez, lui dis-je, et laissez-nous en paix !

Que les États-Unis ne vous rendent jamais !

Que cet amour traverse avec vous l'Atlantique !

Et gloire au grand Colomb qui trouva l'Amérique !

J'ai dit. Mais le lecteur a de nouveau souri ;

Car je n'ai pas encor parlé de mon mari...

Qu'il m'aimait ! J'étais tout pour lui, *son bien, son âme,*

Sa vie : il ne pouvait respirer sans madame...

Qu'il m'aimait ! Mais l'amour n'est pas une raison

Pour garder nuit et jour une femme en prison.

A ces Othello quand une mère vous donne,

Elle devrait songer au sort de Desdémone.

Sur ce chapitre-là j'ai vite terminé.....

Le pauvre homme en est mort et j'ai tout pardonné.

Je le pleurai! huit jours ma douleur fut profonde ;

Mon deuil dura trois ans... parce que j'étais blonde.

Aujourd'hui que les ans s'accumulent sur moi,

— J'en ai vingt-cinq sonnés, — j'ai perdu toute foi

En amour, cher banquier. J'aime l'indépendance,

Connaissant tout le poids de votre obéissance.

Et j'aime la campagne et j'adore Paris.

Puis, j'ai certain défaut qu'en secret je nourris :

— Un défaut! direz-vous... Ah! jamais, sur mon âme,

On ouït un aveu semblable d'une femme.

— C'est une passion qui donne la santé,

Qui fait fleurir le teint, enrichit la beauté,

Et garde constamment notre mine joyeuse.

— Oui, ce vice sera qualité précieuse !

— Je suis un peu gourmande ! oh ! l'horrible défaut !

Crîrez-vous... Laissez donc : je sais bien ce qu'il vaut.

C'est un vice charmant pour le célibataire.

On songe à bien dîner quand on vit solitaire.

Cher banquier, j'ai fini ; — jugez mon cœur léger...

N'espérez pas d'amour : on ne peut vous manger.

A UNE JEUNE FILLE

Plus un nom est au cœur, moins il est à la bouche ;

Plus on aime à seize ans, plus on devient farouche ;

On reste, jusqu'au bout, fière comme Junon ;

Puis, l'on prononce l'oui comme l'on dirait non.

Mais l'hymen achevé, les plus douces délices

Viendront payer l'époux de tous ses sacrifices ;

Car c'est un sûr moyen de doubler ses attraits

D'être tigresse avant, d'être brebis après.

LE PAYSAN

L'artisan est comme l'abeille ;
Mais lui ressemble à la fourmi ;
Le désir du gain seul l'éveille,
Secouant son cœur endormi.

Le paysan au travail rude
Sait nous dérober son regard ;
Du bœuf il a la servitude,
Il a l'astuce du renard,

Et ne comprendra la nature
Que le jour où l'instruction
Viendra d'un sublime rayon
Illuminer son âme obscure.

FANTAISIE

J'aimerai Jeanne la brune

Autant que je vivrai !

Je te bénis, ô fortune !

Quand je la rencontrai ;

J'aurais dû te maudire,

Car, depuis ce jour,

J'ai perdu mon sourire,

Je pleure d'amour.

Le jour, la nuit, à toute heure,

Hiver, été, mon cœur

Aux abords de sa demeure

Rôde ainsi qu'un voleur;

Du regard je l'invoque ,

Le froid me saisit,

La chaleur me suffoque;

Mais elle s'en rit.

Un jour, je surpris la belle

Au milieu des grands bois;

Je me suis approché d'elle

Ému, pâle et sans voix ;

Je m'armai de courage

Et lui parlai bas ;

Mais mon tendre langage

Ne la troubla pas.

Belle ! je suis capitaine,
Je suis chevalier !
Veux-tu le prix d'un domaine
En ton blanc tablier ?
O femme incomparable !
Je vendrais, je crois,
Pour un baiser, au diable
Mon grade et ma croix.

Du seul baiser que j'implore,
Laisse-moi m'enivrer !
Elle était trop jeune encore
Et se mit à pleurer.
A ses feintes alarmes
Je pus compatir
Et, touché de ses larmes,
La laisser partir.

Je la suis dans la campagne,

Et l'aperçois bientôt

Escaladant la montagne ;

Mais quand elle est en haut,

Elle penche la tête,

Riant cette fois,

Et la fine coquette

Chante à pleine voix :

Voyez là-has dans la plaine

Un homme à grand renom ;

C'est un capon capitaine,

Un chevalier capon :

S'il voit pleurer les filles,

Il les laisse aller ;

La peur de mes aiguilles

L'a fait reculer.

— Oh ! reviens, reviens, la belle !
    Descends auprès de moi ;
Ce diamant étincelle,
    Je t'aime : il est pour toi...
    Vainement il roucoule
    Qui ne sut aimer ;
    Quand tu tenais la poule
    Fallait la plumer.

J'aimerai Jeanne la brune
    Autant que je vivrai ;
Je te bénis, ô fortune !
    Quand je la rencontrai.
    J'aurais dû te maudire,
    Car, depuis ce jour,
    J'ai perdu mon sourire,
    Je pleure d'amour.

LE POËTE

Aux yeux d'un monde étroit qui l'entendait en vain,

Cet homme pâle avait le tort d'être divin ;

De chanter pour les sourds il commettait le crime.

Une nuit d'Orient, à la voûte sublime,

A moins d'astres de feu que n'avait le rêveur

De pensers sous son crâne et d'amour en son cœur.

Quand cet homme passait dans sa ville natale

Triste et courbé portant l'auréole fatale,

Dont les muses d'en haut avaient orné son front,

Les enfants sans pitié lui prodiguaient l'affront,

Les courtauds de boutique, en méchanceté riches,

Comme insulte au chanteur jetaient ses hémistiches :

Ainsi que les serpents, les sots ont leur venin.

Il était sans amis ; nul regard féminin

Ne venait consoler le pauvre solitaire...

Il n'avait pas d'amante, il n'avait plus de mère.

Pour soustraire sa vie aux regards des méchants,

Il quitta cette ville insensible à ses chants,

Et, dans les bois épais où Dieu donne ses fêtes,

Ne pouvant plaire à l'homme, il chanta pour les bêtes.

Là, quand sous un vieux chêne abritant son front nu,

Aux hôtes des forêts, ce poëte inconnu

Disait ses vers d'amour, de douleur, d'espérance ;

Les animaux surpris faisaient un grand silence ;

On eût vu sur les fleurs l'insecte s'arrêter,

Les oiseaux se pencher vers lui pour l'écouter.

LA MAITRESSE DE L'AUTRE MONDE

Mon Dieu ! que faut-il que je fasse

Pour baiser son petit pied nu ,

Et brûler mon cœur à la glace

De ce cher fantôme inconnu ?

Faut-il mourir ! ah ! que la fièvre

Vienne me tordre et m'écraser !

Que la mort pâlisse ma lèvre

En me donnant son froid baiser !

Alors, tu seras, ô ma blonde

Et mystérieuse beauté,

Ma maîtresse dans l'autre monde,

Mon amour pour l'éternité.

Et, loin des douleurs importunes,

Nous nous enlèverons un jour

A la planète où quatre lunes

Resplendiront sur notre amour.

Son visage aux lignes sereines

Me rappelle, ô perfection !

Vos traits, femmes édéniennes,

Des jours de la création !

Quand, malgré les splendeurs du monde,

Voyant l'homme seul attristé,

L'Éternel à la voix féconde

Eut fait pour lui votre beauté.

Dans mes visions insensées

Ses yeux ont le regard brûlant

Des jeunes filles trépassées

Qui, la nuit, dansent pour Uhland.

Sa gorge, qui semble agitée

Par quelque brise de la mer,

Emprunte à la route lactée

Son blanchâtre des nuits d'hiver.

Elle a la grâce surhumaine,

Les formes, les contours charmants

De ces ondines d'Henri Heine

Qui sortent des lacs allemands.

Et comme le linceul pudique

De cet idéal chez les morts,

Sa chevelure fantastique

Ruisselle autour de son beau corps.

Et quelquefois sur son teint pâle

Brille une éclatante couleur :

C'est une aurore boréale

Qui l'éclaire de sa lueur.

.   .   .   .

C'est ainsi qu'il chantait son rêve

Le pauvre fou de Walkereil,

Usant ses pieds nus sur la grève,

Usant ses deux yeux au soleil.

TE DEUM ET DE PROFUNDIS

L'autel resplendissait d'or et de pierreries

Un nuage d'encens montait vers l'Éternel ;

Vingt prêtres en chasuble, aux riches broderies,

Entonnaient le chant solennel.

Te Deum ! de son choix Dieu nous donne les preuves ;

Nous avons sur le sol couché nos ennemis !

Mais dans le fond du temple, hélas ! combien de veuves

Disaient tout bas : *De profundis !*

7

Te Deum! nous avons agrandi nos frontières ;

De sang sont teints nos bras, d'orgueil nos cœurs sont

De profundis! voyez le visage des mères   [pleins.]

Et les larmes des orphelins.

Te Deum! notre prince est fils de la victoire,

La mort est son esclave et marche à son côté ;

L'histoire léguera sa brillante mémoire

A l'arrière postérité.

Embouche ta trompette, ô grande Renommée !

Poëtes ! accordez vos lyres ; célébrez

Les hauts faits, les lauriers de notre fière armée

Et ses vieux drapeaux déchirés.

Jéhovah ! Jéhovah ! ta protection sainte

Veille sur nos soldats : l'étranger est puni ;

Le monde en admirant nous regarde avec crainte :

Hosanna ! Dieu grand ! sois béni !

De profundis ! disaient les vieillards et les femmes ;

De profundis ! où sont nos fils et nos époux ?

Ils sont tombés sanglants ; nous entendons leurs âmes

Qui soupirent autour de nous.

Qui nous délivrera, mes frères ! de la guerre,

De cette fausse gloire entraînant les humains

Vers ces tristes lauriers, la honte de la terre,

Qu'on cueille avec du sang aux mains ?

Les épis jaunissaient au sein des plaines vertes,

La vigne souriait aux regards de l'été,

Des présents du soleil les campagnes couvertes

N'étaient plus que joie et beauté.

Mais le canon tonna : c'en fut fait de leurs charmes,

Du trépas le soleil éclaira la pâleur.

Nos terres ont l'aspect de ces mères en larmes

Qu'écrase l'immense douleur,

Nos bœufs au front puissant, orgueil de la chaumière,

De leur chair ont nourri les soldats ; nos chevaux,

Auprès de nos enfants, couchés dans la poussière,

Servent de pâture aux corbeaux.

Vides sont nos greniers et vides sont nos caves,

Et le sang rougit l'eau que nous buvons, hélas !

Ainsi que les tyrans la faim fait les esclaves :

O prince ! ne le sais-tu pas ?

O prince ! assez de gloire et de deuil : les familles

En voyant naître un fils ont le cœur plein d'effroi ;

Le père en est réduit à désirer des filles ;

La haine croît autour de toi.

Oh ! quand donc s'éteindra cette soif de conquêtes !

Que n'as-tu visité le monde ténébreux,

Où les pâles héros, victimes de tes fêtes,

Errent poussant des cris affreux.

Peut-être qu'en voyant passer ces faces blèmes,

Tes yeux auraient versé des larmes de remords,

Ton cœur de fer aurait compris leurs anathèmes

Remplissant l'empire des morts !

LE CHEMIN DE FER

Où t'en vas-tu sur ton aile enflammée,

Toi qui mugis et fait trembler le sol

En vomissant étincelles, fumée,

Dragon moderne au fantastique vol?

— Tantôt penché sur le bord des abîmes,

Tantôt longeant le torrent courroucé ,

Je vais partout choisissant pour victimes

Les vieux abus, les erreurs du passé.

Monstre de cuivre aux yeux de feu !

Lance ta fumée au ciel bleu,

Bondis et porte sur ton aile

L'humanité nouvelle

Au progrès, nouveau Dieu !

Quand tu parais, le fleuve en vain profère

En mugissant des menaces de mort ;

Comme un serpent tu siffles de colère,

Et d'un seul bond touches à l'autre bord.

Monts orgueilleux, ouvrez vos flancs de pierre :

Laissez passer le char de l'avenir ;

Laissez passer, préjugés de la terre,

Et vous, faux dieux ! vos règnes vont finir.

Monstre de cuivre aux yeux de feu !

Lance ta fumée au ciel bleu,

Bondis, et porte sur ton aile

L'humanité nouvelle

Au progrès, nouveau Dieu !

L'instruction va calmer nos tempêtes,

L'art, éclairer la pauvre humanité,

Et le canon tonnera pour les fêtes,

Mêlant sa voix aux chants de liberté.

Plus de héros sur la machine ronde;

Nous unirons nos cœurs et nos esprits

Pour devenir les citoyens du monde,

Sans distinguer ni Londres ni Paris.

Monstre de cuivre aux yeux de feu !

Lance ta fumée au ciel bleu,

Bondis, et porte sur ton aile

L'humanité nouvelle

Au progrès, nouveau Dieu !

LES FLEURS

Non, je n'aime pas les fleurs des jardins

A tous les regards variant leur pose,

Prenant fièrement des airs citadins ;

Mon cœur cependant excepte la rose.

Pourquoi, dira-t-on, aimer celle-là ?

C'est le souvenir, page parfumée !

D'un présent tout frais qui me consola

Des constants dédains d'une femme aimée.

La nuit avait vu ma sombre douleur ;

De ses lèvres, quand apparut l'aurore,

Une rosé vint tomber sur mon cœur,

Tomber sur mon cœur, tout humide encore.

J'eus une heure alors comme on en a peu,

Où dans le bonheur l'âme se repose,

Où tout près de nous nous sentons un Dieu :

Et voilà pourquoi j'excepte la rose.

La femme, coquette ainsi que la fleur,

N'aimait pas : — Qu'importe après des années ?

J'ai presque oublié, — comme ma douleur, —

La femme et la fleur dès longtemps fanées.

Non, je n'aime pas les fleurs des jardins ;

J'aime mieux, bien loin des droites allées,

Aller, en suivant d'agrestes chemins,

Surprendre la fleur au fond des vallées.

Quand je l'ai trouvée humble en sa beauté,

Répandant dans l'air son parfum sauvage,

Je m'assieds près d'elle avec volupté :

C'est mon bien, elle est à moi sans partage.

Nul regard humain ne l'a vue encor ;

Par le vent d'avril elle a crû bercée ;

A moi ses parfums, à moi son trésor ;

J'admire en jaloux sa taille élancée.

Ainsi le poëte à l'âme de feu

Préfère avant tout la femme modeste

Qui vit loin du bruit, sous les yeux de Dieu,

Et peut lui donner un amour céleste.

L'AIGLE

Cachez-vous, mes poules aimées,

Car l'aigle est venu ce matin

Pendant l'absence du mâtin.

Ah ! voyez ces plumes semées !

Ce sont les plumes de Lili,

De ma sultane favorite,

Poule d'une race d'élite :

Son bec était rose et poli.

J'aimais son cou de tourterelle;

Sa queue était un éventail ;

C'était la perle du sérail,

Aussi douce qu'elle était belle.

Que de jaloux ne fis-je pas

Parmi les coqs du voisinage

Qui n'osaient troubler mon ménage

Et lorgnaient de loin ses appas ?

Elle, fidèle à ma hautesse,

Dédaignait leurs regards d'amour,

Ne me quittant ni nuit ni jour,

Chassant loin de moi la tristesse.

Mais l'aigle vint comme un voleur ;

Il étouffa mon adorée ;

Sous mes yeux il l'a dévorée

En se moquant de ma douleur.

Lorsqu'il descendit nous surprendre,

Mon courage fut impuissant;

Mon bec est tout rouge de sang.

Ah! que n'ai-je pu la défendre

Contre la rage du tyran!

Avec cette orgueilleuse crête,

Qui se balance sur ma tête,

J'ai pourtant l'air d'un conquérant.

A quoi me servent ma figure,

Mes yeux de colère embrasés,

Mes doigts aux ongles aiguisés ?

Je suis dupé par la nature.

Lili n'est plus. O vous, ses sœurs !

Oh! songez à votre compagne ;

N'allez pas loin dans la campagne ;

Craignez les aigles ravisseurs.

L'aigle, au sommet des précipices,

Remplit son aire des débris

Des animaux qu'il a surpris

Et qui sont morts dans les supplices.

Il n'aime que l'odeur des chairs,

Du sang, la victime qui crie:

A cause de sa barbarie,

On l'a nommé le roi des airs.

Cachez-vous, mes poules aimées !

Car l'aigle est venu ce matin

Pendant l'absence du mâtin,

Ah ! voyez ces plumes semées !

BAVARDAGE D'OISEAU

Voyez-le donc, oiseaux, mes frères !

Au souvenir de ses misères

Inclinant son front obscurci,

Rêvant d'ambition, de haine,

Et, comme une éternelle chaîne,

Traînant son éternel souci.

C'est le roi de la terre immense,

— Ainsi l'affirme sa démence, —

C'est l'homme enfant gâté des dieux,

Dépositaire du génie,

Dont l'ambition infinie

Croit fixer les regards des cieux.

Pour lui seul la mère nature

Créa les fleurs et la verdure,

Les champs, la mer et le soleil ;

Pour lui seul se lève l'aurore,

Pour lui le jour expire encore

Craignant de troubler son sommeil.

Il avait froid : vite la pierre

Lui donna chaleur et lumière,

Et c'est pour rafraîchir son front

Que les arbres au doux ombrage

Croissent, attendant son passage

De la plaine au sommet du mont.

Tout animal est son esclave :

Avec notre gosier suave,

Pour lui plaire, oiseaux, nous naissons.

Le tyran s'assied sur la mousse :

Prenons notre voix la plus douce,

Disons nos plus belles chansons,

Il va plus loin encor, mes frères!

Et, dans ses songes téméraires,

Pour flatter la divinité,

Il prête au Dieu grand sa figure,

Les goûts de sa basse nature

Et jusqu'à sa méchanceté.

C'est ainsi que l'homme raisonne;

Mais un beau jour l'horloge sonne

L'heure du pâle moissonneur.

Cependant, en attendant l'heure,

Le ciel d'un fol espoir le leurre

En lui promettant le bonheur.

Pour atteindre à ce bien suprême,

Il surpasse les tigres même

En cruautés; avec du sang,

Il écrit sa stupide histoire,

Décorant du titre de gloire

Ses crimes lorsqu'il est puissant.

Le bonheur que sa voix appelle,

Dédaignant son âme immortelle,

S'enfuit et le laisse crier ;

Il vient avec nous aux prairies,

Dans la haie aux branches fleuries,

Sous les feuilles du peuplier.

Le bonheur ! dis, ô ma compagne !

Quand nous errons dans la campagne,

Et lorsque nous fendons les airs,

Nous baignant dans le sein des nues,

Cherchant des routes inconnues

Ou traversant les vastes mers,

Toujours ensemble, sur la cime

Des monts, ou planant sur l'abîme,

Bravant les écueils dangereux,

Et dans notre nid où, fidèle,

Tu t'endors, la nuit, sous mon aile,

Dis ! ne sommes-nous pas heureux !

Nous sommes libres sur la terre !

Dès l'aube, à sa rose lumière,

Nous nous élançons dans l'azur ;

Nous chantons notre hymne sonore,

Puis, toujours ensemble, à l'aurore,

Nous descendons au ruisseau pur.

Nous déjeunons avec les pommes,

Les figues, les épis des hommes,

Ou nous becquetons les raisins :

De ces biens jouissant en maîtres,

Nous narguons les gardes champêtres

Impuissants contre nos larcins.

Puis, dans une forêt à l'ombre

Des branches d'un vieux chêne sombre,

Nous allons dire notre amour,

Décrivant le lointain rivage

Où, sur un amandier sauvage,

Jeune oiseau, je te fis la cour.

Et l'homme poursuivant sa route,

Passe rêveur et nous écoute ;

On le voit ralentir son pas.

Il dit, dans sa vanité folle :

Seul je possède la parole.

Ah ! l'homme ne nous entend pas.

S'il savait la langue choisie

Que parle notre poésie,

Et s'il comprenait nos chansons,

Ah ! nous le verrions moins superbe,

Tout oreilles, assis sur l'herbe,

S'instruire à nos sages leçons.

Et nous dirions à ce roi : Sire!

Puisque votre grande âme aspire

Aux biens de la félicité,

Recherchez, — daignez nous en croire, —

Au lieu de votre sotte gloire,

La paix, l'amour, la liberté !

FIN DES CAMPAGNARDES.

TABLE